Lejos van los bo

Contado por Margaret Hillert
Ilustrado por Kathie Kelleher

NORWOODHOUSE PRESS

Querido padre o tutor:

Es posible que los libros de esta serie de Cuentos fáciles - para empezar a leer le resulten familiares, ya que las versiones originales de los mismos podrían haber formado parte de sus primeras lecturas. Estos textos, cuidadosamente escritos, incluyen palabras de uso frecuente que le proveen al niño la oportunidad de familiarizarse con las más comúnmente usadas en el lenguaje escrito. Estas nuevas versiones en español han sido traducidas con cuidado, e incluyen encantadoras ilustraciones, sumamente atractivas, para una nueva generación de pequeños lectores.

Primero, léale el cuento al niño, después permita que él lea las palabras con las que esté familiarizado, y pronto podrá leer solito todo el cuento. En cada paso, elogie el esfuerzo del niño para que desarrolle confianza como lector independiente. Hable sobre las ilustraciones y anime al niño a relacionar el cuento con su propia vida.

Al final de cada cuento, hay una lista de palabras que ayudarán a su hijo a practicarlas y reconocerlas en un texto.

Sobre todo, la parte más importante de toda la experiencia de la lectura es ¡divertirse y disfrutarla!

Shannon Cannon

Shannon Cannon, Ph.D.,
Consultora de lectoescritura

Norwood House Press • www.norwoodhousepress.com
Beginning-to-Read™ is a registered trademark of Norwood House Press.
Illustration and cover design copyright ©2021 by Norwood House Press. All Rights Reserved.

Authorized adaption from the U.S. English language edition, entitled *Away Go the Boats* by Margaret Hillert. Copyright © 2017 Margaret Hillert. Adaptation Copyright © 2021 Margaret Hillert. Translated and adapted with permission. All rights reserved. Pearson and *Away Go the Boats* are trademarks, in the US and/or other countries, of Pearson Education, Inc. or its affiliates. This publication is protected by copyright, and prior permission to re-use in any way in any format is required by both Norwood House Press and Pearson Education. This book is authorized in the United States for use in schools and public libraries.

Designer: Lindaanne Donohoe
Editorial Production: Lisa Walsh
Translator: Kamel Perez

LIBRARY OF CONGRESS CATALOGING-IN-PUBLICATION DATA
Names: Hillert, Margaret, author. | Kelleher, Kathie, illustrator.
Title: Lejos van los barcos / contado por Margaret Hillert ; ilustrado por Kathie Kelleher.
Other titles: Away go the boats. Spanish
Description: [Chicago, IL] : Norwood House Press, [2021] | Series: A beginning-to-read book | "Authorized adaptation from the U.S. English language edition, entitled Away Go the Boats by Margaret Hillert"—Title page verso. | Audience: Ages 5-8. | Audience: Grades K-1. | Summary: "A young girl makes bath time interesting by taking an imaginary ocean voyage to a tropical island. There she sees tropical animals, whales, monkeys and other boats on the water. Spanish only text, includes Spanish word list"— Provided by publisher.
Identifiers: LCCN 2019037571 (print) | LCCN 2019037572 (ebook) | ISBN 9781684508723 (hardcover) | ISBN 9781684045426 (paperback) | ISBN 9781684045709 (epub)
Subjects: CYAC: Baths—Fiction. | Imagination—Fiction. | Spanish language materials.
Classification: LCC PZ73 .H55720713 2021 (print) | LCC PZ73 (ebook) | DDC [E]—dc23

Hardcover ISBN: 978-1-68450-872-3   Paperback ISBN: 978-1-68404-542-6

328N—072020

Manufactured in the United States of America in North Mankato, Minnesota.

Mamá dijo: —Ándale.
Quiero que te metas.
Métete. Métete.

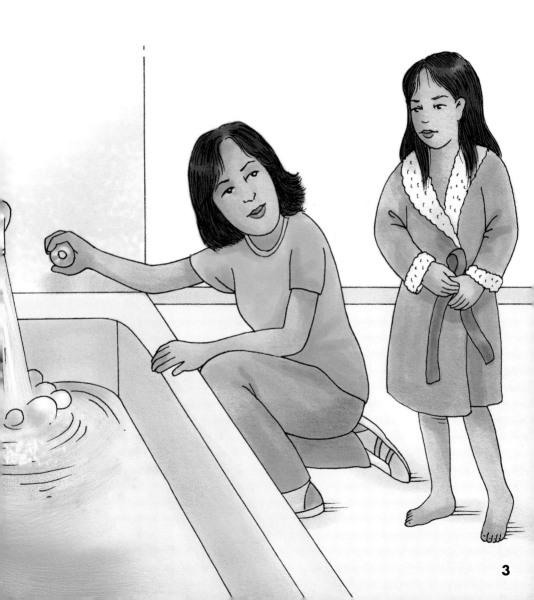

La Niña dijo: –¿Tengo que hacerlo?
Yo no quiero.
Yo quiero jugar.

La mamá dijo: —Sí, sí.
Aquí hay algo para que
puedas jugar.
Aquí hay un barco.
Un barco pequeño y azul.

–Oh bien –Dijo la niña–
Mi barco pequeño y azul.
Me gusta este barco.
Es divertido jugar con él.

Mamá dijo: –Métete.
Métete y yo me voy.
Tengo que trabajar.
Y tú también tienes que trabajar.
Hazlo. Hazlo.

—Este es un buen, buen barco.
Vamos, barco, vamos.
Vamos, vamos, vamos.

Ahora jugaré que este barco
es uno grande.
Me subiré en él.
Me iré lejos y lejos.

Aquí estoy en mi barco grande.
Puedo hacer que avance.
Adonde yo quiera que vaya.

¿A dónde voy a ir?
¿Qué voy a encontrar?
¿Qué voy a ver?

Mira, mira.
Veo el sol.
También veo tres barcos.
Uno, dos, tres barcos.
Lejos van los barcos.

Y lejos voy yo también.
Sigo y sigo yo.
¡Qué divertido!
¡Qué divertido!

Mira arriba.
Arriba, arriba, arriba.
Muy, muy arriba.
Mira lo que veo.

Ahora mira eso.
Mira qué grande.
Grande, grande, grande.
¡Como puede brincar!

Aquí es un buen lugar.
Me puedo bajar aquí.
Puedo buscar algo.

¿Oh, quién eres?
Vaya, qué bonito eres.
Amarillo, azul y verde.

Y mira aquí.
¿Oh, que veo aquí?
Uno, dos, tres pequeños.
Tres graciosos pequeños.

¡Oh, oh!
Tú no eres gracioso.
Tú eres muy grande para mí.
Supongo que me iré lejos ahora.

Aquí voy.
Lejos, lejos.
¡Qué buen viaje es este!

–Oh, mamá.
¿Ya tengo que salir ahora?
Me gusta aquí.
Es divertido.

—Sí, sí.
Salte. Salte.
Sal ahora.
Yo te ayudaré.

—Saldré, pero me llevaré
el barco conmigo.
Es un buen barco pequeño.

LISTA DE PALABRAS

a	él	me	sigo
adonde	en	metas	sol
ahora	encontrar	métete	subiré
algo	eres	mí	supongo
amarillo	es	mi	también
ándale	eso	mira	te
aquí	este	muy	tengo
arriba	estoy	niña	tienes
avance	gracioso	no	trabajar
ayudaré	graciosos	oh	tres
azul	grande	para	tú
bajar	gusta	pequeño	un
barco	hacer	pequeños	uno
barcos	hacerlo	pero	vamos
bien	hay	puedas	van
bonito	hazlo	puede	vaya
brincar	ir	puedo	veo
buen	iré	que	ver
buscar	jugar	qué	verde
como	jugaré	quién	viaje
con	la	quiera	voy
conmigo	lejos	quiero	y
dijo	llevaré	sal	ya
divertido	lo	saldré	yo
dónde	los	salir	
dos	lugar	salte	
el	mamá	sí	

ACERCA DE LA AUTORA

Margaret Hillert ha ayudado a millones de niños de todo el mundo a aprender a leer independientemente. Fue maestra de primer grado por 34 años y durante esa época empezó a escribir libros con los que sus estudiantes pudieran ganar confianza en la lectura y pudieran, al mismo tiempo, disfrutarla. Ha escrito más de 100 libros para niños que comienzan a leer. De niña, disfrutaba escribiendo poesía y, de adulta, continuó su escritura poética tanto para niños como para adultos.

Fotografía por Glenna Washburn

ACERCA DE LA ILUSTRADORA

Graduada de Paier College of Art, Kathie Kelleher ha ilustrado para varios editores. Especializada en el arte educativo mientras criaba a sus dos hijas, la transición de Kathie al mundo de los libros ilustrados fue un éxito. Recientemente realizó un sueño de vida, escribiendo su propio libro de niños. www.kathiekelleher.com